# ارطغرل

(بچوں کی کہانی)

مصنف:

چراغ حسن حسرت

© Taemeer Publications LLC
**Ertugrul** *(Kids story)*
by: Chiragh Hasan Hasrat
Edition: July '2023
Publisher & Printer:
*Taemeer Publications LLC* (Michigan, USA / Hyderabad, India)

ISBN 978-93-5872-113-3

مصنف یا ناشر کی پیشگی اجازت کے بغیر اس کتاب کا کوئی بھی حصہ کسی بھی شکل میں بشمول ویب سائٹ پر اَپ لوڈنگ کے لیے استعمال نہ کیا جائے۔ نیز اس کتاب پر کسی بھی قسم کے تنازع کو نمٹانے کا اختیار صرف حیدرآباد (تلنگانہ) کی عدلیہ کو ہو گا۔

© تعمیر پبلی کیشنز

| | | |
|---|---|---|
| کتاب | : | **ارطغرل** |
| مصنف | : | **چراغ حسن حسرت** |
| صنف | : | ادب اطفال |
| ناشر | : | تعمیر پبلی کیشنز (حیدرآباد، انڈیا) |
| سالِ اشاعت | : | ۲۰۲۳ء |
| تعداد | : | (پرنٹ آن ڈیمانڈ) |
| طابع | : | تعمیر پبلی کیشنز، حیدرآباد – ۲۴ |
| صفحات | : | ۳۲ |
| سرورق ڈیزائن | : | تعمیر ویب ڈیزائن |

بسم اللہ الرحمٰن الرحیم

(۱)

ہندوستان سے شمال کی طرف ہمالیہ کے اُس پار ترکستان کا ملک ہے۔ اس ملک میں کہیں اونچے نیچے پہاڑ ہیں۔ کہیں ریگستان اور کہیں کوسوں تک ایسے میدان پھیلتے چلے گئے ہیں۔ جن میں گھاس کے سوا اور کچھ نظر نہیں آتا۔ جاڑے میں یہاں ایسی

برف پڑتی ہے کہ زمین اور آسمان سب سفید ہو جاتے ہیں۔ جب یہ موسم گزر جاتا ہے۔ سورج چمکتا ہے۔ برف پگھلتی ہے۔ جمے ہوئے ندی نالے پھر اُچھلتے کودتے پتھروں سے سر پٹکتے بہنے لگتے ہیں۔ تو میدانوں اور پہاڑوں کے ڈھلوانوں پہ گھاس اُگتی ہے۔ اور ہر طرف چہل پہل اور رونق نظر آتی ہے۔ لوگ خوشیاں مناتے اور ہر طرف بھیڑ بکریوں کے گلّے چراتے پھرتے ہیں ॥

ترکستان میں شہر اور قصبے تھوڑے ہیں۔ اکثر لوگ شہروں کی گھما گھمی سے دور انہیں میدانوں اور پہاڑوں میں عمریں گزار دیتے ہیں۔ وہ ایک

جگہ جم کر نہیں بیٹھتے - آج یہاں ہیں کل وہاں - جہاں بھیڑ بکریوں کے لئے چارہ مل گیا - وہیں کمبل تان کر ڈیرے ڈال دئے - اِن کے بہت سے قبیلے ہیں - ہر قبیلے کا سردار الگ ہوتا ہے اور قبیلے کے سب چھوٹے بڑے اس کے حکم پر جان قربان کر دینے کو اپنا فرض جانتے ہیں ؏

محنت مشقت کی زندگی نے اُن لوگوں کے جسم لوہے کے سانچے میں ڈھال دئے ہیں - اُن کی بہادری اور جیالے پن کا یہ حال ہے کہ آگ کے دریا میں کُود پڑنا اور پہاڑ سے ٹکرا جانا اُن کے نزدیک ہنسی کھیل ہے -

آج اگرچہ ترکستان کی حالت اچھی نہیں۔ اس کے کئی ٹکڑے ہو گئے ہیں۔ ایک حِصّہ روس کے قبضے میں ہے۔ ایک حِصّے پر چین حکومت کر رہا ہے اور تھوڑا سا علاقہ افغانستان کے ماتحت ہے۔ لیکن پُرانے زمانے میں اس ملک کے لوگوں نے بڑی سلطنتیں قائم کر رکھی تھیں۔ بابر اور اس کے بیٹے پوتے جو کئی سو سال ہندوستان پر حکومت کر گئے۔ اِسی نسل سے تھے۔ اور جن دلاوروں نے ترکی کے نام سے یورپ میں ایک سلطنت قائم کر رکھی ہے۔ وُہ بھی قوم کے ترک اور انہیں لوگوں کے بھائی بند ہیں۔ آج ہم اُن ترکوں

کا حال سُناتے ہیں جو ترکستان سے جا کر یورپ میں آباد ہو گئے۔ اور آج تک اس سر زمین میں قدم جمائے کھڑے ہیں۔

(۲)

کوئی نو سو سال ہوئے۔ ترک قبیلے اپنے باپ دادا کے وطن سے تلواریں مارتے نکلے اور جگہ جگہ اپنی حکومتیں قائم کر لیں۔ اِس واقعے کو تھوڑے ہی دِن ہوئے تھے۔ کہ مغلوں نے جن کا ملک ترکستان کی سرحد سے مِلا ہوا تھا۔ اپنے ملک سے قدم باہر نکالا اور دیکھتے دیکھتے سارے ایشیا پر چھا گئے۔ ترک تو اسلام کی روشنی

سے دِلوں کو نورانی کر چکے تھے۔ مگر مغلوں کے سینے اِس نور سے خالی تھے۔ وہ ابھی تک اپنے باپ دادا کی رسموں۔ ریتوں کو مانتے اور دیوتاؤں کی پوجا کرتے تھے۔ اُن کے ہاں لڑائی کا کوئی قاعدہ قانون نہیں تھا۔ جس ملک پر چڑھ جاتے۔ عورتوں۔ مردوں۔ بچوں۔ بوڑھوں کو قتل کر ڈالتے اور بڑے بڑے شہروں کو لوٹ کھسوٹ کر آگ لگا دیتے تھے ؛

مغلوں کا یہ حملہ سیلاب کی طرح تھا۔ جس میں بہت سے ترک قبیلے بہ نکلے۔ اُن میں سے کچھ مصر پہنچے۔ کچھ ایران اور ہندوستان میں پھیل گئے۔ اور بعض نے ایشیا کے دوسرے

ملکوں کا رُخ کیا۔ جن ترکوں نے
اِس طرح مجبور ہو کر باپ دادا کے
وطن کو چھوڑا تھا۔ اُن میں غز
قبیلہ بھی تھا۔ یہ لوگ ترکستان
سے چل کر کچھ دِن خراسان میں
اٹکے۔ مگر جب مغلوں نے وہاں
بھی چین نہ لینے دیا۔ تو پچھم کی
طرف ہٹے۔ اور دریائے فرات کے
کنارے بڑھتے چلے گئے۔ کچھ لوگ
تو راستے میں اُتر پڑے۔ کچھ آگے
بڑھے اور طرح طرح کی سختیاں جھیلتے
مصیبتیں اُٹھاتے ایشیائے کوچک کے
اس حِصّے میں جا پہنچے۔ جسے اناطولیہ
کہتے ہیں۔

یہاں پہنچتے پہنچتے قبیلے میں کوئی ہزار

بارہ سو آدمی رہ گئے تھے ۔ اِن میں
بھی صرف چار سو سوار لڑنے بھڑنے
کے قابل تھے ۔ باقی کچھ بوڑھے تھے ۔
کچھ بچے اَور کچھ عورتیں ۔ اِس لُٹے
ہوئے قافلے کا سردار ارطغرل بڑا بہادر
شخص تھا ۔ اس کا قد لمبا ۔ چوڑا چکلا
سینہ ۔ بڑے بڑے ہاتھ پاؤں ۔ گورا
رنگ ۔ ایشیائے کوچک کی سرحد پر پہنچ
کر ارطغرل کو اپنا وطن یاد آ گیا ۔ کیونکہ
یہاں اونچے نیچے پہاڑوں اور میدانوں
میں ترکستان کی جھلک سی نظر آتی
تھی ۔ پلٹ کر دیکھا تو اُفق پر دھند
کی سفید چادر کے سوا کچھ نظر نہ
آیا ۔ جی میں کہا ۔ کہ اگرچہ ترکستان
یہاں سے ہزاروں کوسوں کا پلّہ ہے

اُڑ کے بھی جائیں تو نہ پہنچ سکیں۔ مگر خدا کا شکر ہے کہ دشمنوں سے نجات پائی۔ زندگی رہی تو بدلے کا موقع بھی ہاتھ آ جائے گا ۔

(۳)

ارطغرل کو اناطولیہ میں سفر کرتے کئی دِن ہو گئے۔ اگرچہ ہر منزل پر پہنچ کر یہی جی چاہتا تھا کہ یہیں اتر پڑیں۔ مگر یہ خیال کھینچے لیے جاتا تھا کہ کِسی طرح یہاں کے بادشاہ کے دربار میں پہنچنا چاہیے۔ وہ آخر سلجوق نسل کا ترک اور اپنا بھائی بند ہے۔ شاید اس کے دربار میں پہنچ کر دِل کے حوصلے نکالنے

کا موقع ملے ؛

ایک دِن یہ بے وطن ایک درّہ میں سے گزر رہے تھے۔ اردگرد پہاڑیاں تھیں۔ بیچ میں سے ایک چھوٹا سا راستہ جس میں صرف دو سوار پہلو بہ پہلو گزُر سکتے تھے۔ آگے آگے ارطغرل تھا۔ پیچھے پیچھے اس کے جانباز ساتھی۔ گلے میں ترکش اور پیٹھ پر ڈھالیں ڈالے۔ ایک ہاتھ میں نیزہ اور دوسرے میں لگام سنبھالے چلے آتے تھے۔ اِس لین ڈوری کے بیچوں بیچ عورتیں اور بچے تھے۔ کبھی کِسی عورت یا بوڑھے کے گھوڑے کی زین کھسک جاتی۔ تو ایک سوار گھوڑا مار کے آگے آتا۔ اُسے اُتار کر گھوڑے کے تنگ کو

کس کر باندھ دیتا اور گھوڑے پر سوار کر کے دو قدم اُن کے ساتھ ساتھ چلتا۔ پھر گھوڑے کو پھرا کے اپنی جگہ چلا جاتا۔ جب کبھی کوئی ایسا واقعہ پیش آتا۔ سارے لوگ تھوڑی دیر کے لئے گھوڑوں کی باگیں روک لیتے۔ اِن سب کے پیچھے خچروں پر خیمے لدے ہوئے تھے۔ اِن کے پیچھے بھیڑ بکریوں کا ایک گلہ۔ جس کی دیکھ بھال کے لئے دس بارہ سواروں کا ایک چھوٹا سا دستہ مقرّر تھا ؛

اُس وقت اچھا خاصا دِن چڑھ آیا تھا۔ اور ہوا گرم ہو چلی تھی۔ ایکا ایکی ارطغرل کے اصیل گھوڑے نے کان کھڑے کر لئے اور ہنہنانے

لگا - ارطغرل نے باگ روک لی - اس کے رُکتے ہی سارا قافلہ رُک گیا - اب جو ارطغرل نے کان لگا کر سُنا - تو ہلکا سا شور سُنائی دیا - ایسا معلوم ہوتا تھا کہ کہیں بہت دُور دریا کی لہریں چٹانوں سے سر پٹک رہی ہیں - اس نے گھوڑے کو ذرا تیز کیا - جوں جوں آگے بڑھتا گیا - شور زیادہ اونچا اور صاف ہوتا گیا - ایک جگہ پہنچ کر ارطغرل نے اپنے ساتھیوں پہ نظر ڈالی - اُن میں سے ایک بڈھا آدمی جس کے چہرے سے معلوم ہوتا تھا - کہ مدتوں بیمار رہا ہے - جسم میں لہو کی ایک بوند بھی باقی نہیں - آگے بڑھا اور کہنے لگا - "کچھ سمجھ میں

آیا - یہ شور کیسا ہے ؟"
ارطغرل نے جواب دیا " میں تو ابھی تک نہیں سمجھ سکا "
بڈھے نے سر اُونچا کر کے کہا -
"میرے خیال میں کہیں پاس ہی لڑائی ہو رہی ہے - آگے بڑھے چلئے - آپ کو معلوم ہو جائیگا کہ کیا معاملہ ہے ؟"
کچھ دُور جا کر وہ ایسی جگہ پہنچے جہاں یہ درہ ختم ہوتا تھا - یہاں سے آگے اتار تھا - اور ایک چھوٹی سی پگڈنڈی جھاڑیوں میں سے گزرتی ہوئی نیچے ایک وادی میں جا پہنچتی تھی - یہاں انہوں نے دیکھا کہ وادی میں جہاں تک نظر کام کرتی ہے - تلوار چل رہی ہے اور گھوڑوں کے ہنہنانے

تلواروں کی جھنکار اور لڑنے والوں کے نعروں سے آس پاس کی پہاڑیاں بار بار گونج اُٹھتی ہیں - ارطغرل کی سمجھ میں یہ بات تو نہ آئی - کہ یہ لوگ کون ہیں اور آپس میں کیوں لڑ رہے ہیں ؟ لیکن اُس نے پہلی ہی نظر میں اتنا جان لیا کہ لڑائی برابر کی نہیں - دوپہر ڈھلتے ہار جیت کا فیصلہ ہو جائے گا ۔

دونوں لشکروں میں سے ایک کا رُخ پچھّم کی طرف تھا - دوسرے کا پورب کی طرف - جو لشکر پورب سے پچھم کو بڑھ رہا تھا - وہ گنتی میں زیادہ تھا - اس کے گھوڑے زیادہ مضبُوط اور سپاہی زیادہ طاقت ور تھے - اس کے علاوہ

سورج اس کے پیچھے اور دشمن کے بالکل سامنے تھا۔ اس نے دو تین حملے ایسے کئے کہ دشمن کی صفیں ٹوٹنے لگیں اور ارطغرل کو ایسا معلوم ہوا کہ دو تین حملوں میں لڑائی دو ٹوک ہو جائے گی۔

اگرچہ ارطغرل اور اس کے ساتھی تھکے ماندے تھے اور اس لمبے سفر نے اُن میں ذرا بھی سکت باقی نہیں چھوڑی تھی۔ لیکن دو فوجوں کو میدان میں لڑتے دیکھ کر اور کمزور کو زبردست کے قابو میں پا کر ارطغرل کی رگوں میں شجاعت کے خون نے جوش مارا۔ اس کا ہاتھ بے اختیار تلوار کے قبضے پر جا پہنچا۔ اور وہ پلٹ کر کہنے لگا۔

"بھائیو! اگرچہ ہمیں یہ معلوم نہیں۔

کہ یہ لوگ کون ہیں؟ اِن کا مذہب
کیا ہے اور یہ کس نسل سے ہیں؟
لیکن تم دیکھ رہے ہو کہ اِن میں ایک
کمزور ہے دوسرا طاقتور۔ دنیا والوں کا
قاعدہ ہے کہ وہ نفع کے لالچ اور
انعام کی اُمید میں کمزور کا ساتھ چھوڑ
کر طاقت ور سے جا مِلتے ہیں۔ لیکن
ہمارے بزرگوں کا یہ قاعدہ نہیں۔ کبھی
کمزور اور بیکس پہ اُن کا ہاتھ نہیں
اُٹھا۔ مردانگی اور شجاعت کا قانون جو
ہماری تمہاری رگوں میں رچا اور بسا
ہوا ہے۔ یہی کہتا ہے۔ کہ اس جنگ
میں کمزور کو طاقتور سے بچائیں۔ دیکھو
دشمن کس طرح سمٹ کر بڑھا ہے۔
صفوں میں قرنا پھنک رہی ہے۔ تری

کی آواز سے دِلوں میں شجاعت کے ولولے
جاگ اُٹھتے ہیں - آؤ ایک دفعہ باگیں
اُٹھائیں اور دشمن پر مِل کر جا پڑیں۔
اِس قافلے میں جو لوگ لڑنے بھڑنے
کے قابل تھے - سب گھوڑے کُدا کے
ارطغرل کی پشت پر آ جمے - کچھ لوگوں
کو عورتوں - بچّوں اور بوڑھوں کی حفاظت
کے لِئے وہیں چھوڑا - پھر ایک ساتھ
سب نے باگیں اُٹھائیں - اور ارطغرل
انہیں ایک لمبا چکّر دے کر طاقت ور
فوج کے پہلو پر بجلی کی طرح جا گرا -
اگرچہ بہادر ترکوں کی تلواریں مدّت
سے نیام میں تھیں - لیکن جب انہیں
نکالا گیا تو ایسا معلوم ہوتا تھا کہ شعلے
بھڑک رہے ہیں - اور جس طرف بڑھتے

ہیں سب کچھ جلا کر بھسّم کر ڈالتے ہیں۔
یہ حملہ ایسا اچانک تھا کہ دشمن کا لشکر
جو سیلاب کی طرح برابر بڑھا چلا جا رہا
تھا ۔ ایکا ایکی رُک گیا ۔ کچھ سمجھ میں
نہ آتا تھا ۔ یہ آفت کہاں سے آئی ۔
سوچتا تھا کہ آگے بڑھوں یا پیچھے ہٹوں۔
بس یہ رُکنا غضب ہو گیا ۔ ہارنے
والوں نے جن کے قدم اُکھڑنے میں
تھوڑی ہی کسر باقی رہ گئی تھی ۔جب
ایک چھوٹے سے دستے کو یوں حملہ کرتے
دیکھا اور دشمن کو گھبرایا ہوا پایا ۔ تو
انہوں نے سمجھا کہ ہماری مدد کو فرشتے
آسمان سے اُتر آئے ۔ اِس خیال کے
آتے ہی ٹوٹی ہوئی ہمتیں بندھ گئیں۔
اور وہ پھریروں کو تان جنگی طنبور

گڑگڑاتے اِس طرح بڑھے کہ دشمن کی صفیں ٹوٹنے لگیں۔

دشمن کی فوج ان گنت تھی۔ ارطغرل اور اس کے ساتھی اس طرح بہتے چلے جاتے تھے۔ جس طرح دریا کا دھارا پتھروں اور کنکروں کو بہائے چلا جاتا ہے۔ وہ اس فوج کی موجوں میں ڈوب ڈوب کر اُبھرے اور بار بار صفیں اُلٹ کے رکھ دیں۔ اب دشمن پر دو طرفہ ایسا دباؤ پڑا کہ اس کے قدم اُکھڑنے لگے۔ جو سردار بڑی بہادری سے قدم جمائے کھڑے تھے۔ انہوں نے جب دیکھا کہ آس پاس سب لاشیں ہی لاشیں نظر آتی ہیں اور دو طرف سے لشکر بڑھ رہا ہے۔ تو وہ ہمت

ہار گئے اور اِس طرح سر پر پاؤں رکھ کر بھاگے کہ پیچھے پلٹ کر نہ دیکھا افسروں کو بھاگتے دیکھ کر سپاہی بھی جی چھوڑ بیٹھے - اور جدھر کسی کا مُنہ اُٹھا - بھاگ نِکلا - غرض دِن ڈھلتے ڈھلتے لڑائی کا فیصلہ ہو گیا - ہارے ہوؤں کی جیت ہوئی اور جیتے ہوئے ہار گئے *

جنگ ختم ہوئی - تو ارطغرل نے اپنے ساتھیوں کی طرف توجّہ کی - کئی بچپن کے رفیق جنھوں نے بڑے بڑے کٹھن وقتوں میں ساتھ نہ چھوڑا تھا - میدان میں سسک رہے تھے - ارطغرل نے بچے کھچے جاں نثاروں کو سمیٹ اُنہیں اُٹھایا - جو زخمی تھے - اُن کی مرہم

پٹی کی۔ جو مارے گئے تھے۔ اُن کو دفن کرنے کا انتظام کرنے لگا۔ اتنے میں کچھ لوگ اس طرف بڑھتے نظر آئے اُن میں سے ایک سردار گھوڑا مار کے سامنے آیا اور کہنے لگا۔ "ہمارا بادشاہ تم سے ملنا چاہتا ہے۔ کیونکہ آج کی جنگ تمہاری ہی وجہ سے سر ہوئی۔ ہماری سمجھ میں ابھی تک یہ بات نہیں آئی کہ تم کون لوگ ہو۔ یہاں کیونکر آئے؟ اور تم نے ہماری مدد کیوں کی؟ سچ تو یہ ہے کہ ہم سب اب تک تمہیں فرشتے سمجھے ہوئے تھے۔ لیکن جب ہم نے تمہیں اپنے ساتھیوں کے لاشے اُٹھاتے اور زخمیوں کی دیکھ بھال کرتے دیکھا۔ تو سمجھا۔ کہ تم

فرشتے نہیں ۔ بلکہ ہماری طرح انسان ہو" ۔

ارطغرل نے اپنا نام بتایا اور کہا "میں ترکوں کے غز قبیلے کا سردار ہوں مغلوں نے ہمیں اپنے وطن سے نکال دیا ۔ جب کہیں سر چھپانے کا آسرا نہ ملا تو ہم اس ملک میں چلے آئے لیکن مجھے بھی ابھی تک یہ معلوم نہیں ہوا کہ تم کون ہو ۔ تمہارے بادشاہ کا کیا نام ہے ؟ اور جن لوگوں نے تم پر حملہ کیا ۔ وہ کون تھے" ؟

وہ سردار بڑے تعجب سے کہنے لگا "ایں کیا سچ مچ تمہیں اتنا بھی معلوم نہیں ۔ ہم سب تمہاری طرح ترک ہیں ہمارا بادشاہ علاؤالدین کیقباد سلجوق

خاندان کے ترک بادشاہوں کی نسل سے ہے۔ جنھوں نے ایک زمانے میں ترکستان سے سمندر کے کنارے تک سارے ملک پر قبضہ کر لیا تھا۔ اور یہ لوگ مغل تھے۔ جو دوسرے اسلامی ملکوں کو تباہ کر کے ہمارے ملک پر چڑھ آئے تھے۔

یہ کہہ کر وہ سردار ارطغرل کو اپنے بادشاہ کے پاس لے گیا۔ وُہ ارطغرل سے بڑی مہربانی کے ساتھ پیش آیا اور اس کی بہادری و مردانگی کی بڑی تعریف کی۔

(۴)

## سلجوق بادشاہ کی مہربانی سے ارطغرل

اور اس کے ساتھیوں کے دِن بڑے امن اور چین سے کٹنے لگے۔ لیکن یہاں بھی اُن ترک بہادروں نے اپنے باپ دادا کے طور طریقوں کو نہ چھوڑا۔ انہیں شہروں میں رہنا پسند نہیں تھا۔ اِس لیۓ گرمی کے موسم میں بروصہ کے شہر کے پاس ایک میدان میں خیمے گاڑ دیۓ۔ وہ بھیڑ بکریوں کے گلّے چراتے پھرتے تھے۔ جب جاڑا شروع ہوتا اور بروصہ کے آس پاس چارہ نہ مِلتا تو سنفاریہ کی وادی میں اُٹھ جاتے اور سردی کے دِن وہیں گزارتے۔

مغلوں نے ترکوں کے ہاتھ سے بڑی سخت شکست کھائی تھی۔ اِس لیۓ

اُن کے دِل میں یہ پھانس برابر کھٹک رہی تھی۔ کہ موقع ملے۔ تو کسی طرح ترکوں سے اِس شکست کا بدلہ لیں۔ روم کے عیسائی بادشاہ جن سے ترکوں نے ایشیائے کوچک کا علاقہ چھینا تھا۔ ہمیشہ ایسے موقعوں کی تاک میں رہتے تھے۔ اُن کو یہ بات معلوم ہوئی۔ تو انہوں نے مغلوں کو کہلا بھیجا۔ کہ اگر اب کے تم اناطولیہ پر حملہ کرو۔ تو ہم تمہارا ساتھ دینگے۔ اِس دفعہ رومی اور مغل بڑے لاؤ لشکر سے چلے۔ اور ہر طرف فوجیں پھیلا دیں۔ اناطولیہ کے میدانوں میں جہاں تک نظر کام کرتی تھی۔ رومیوں اور مغلوں کے خیمے ڈیرے

بڑی بہادری دکھائی تھی اور اصل بات تو یہ ہے کہ یہ لڑائی اسی کی ہمّت سے فتح ہوئی تھی۔ اس لئے سلطان نے اُسے بہت سا روپیہ انعام دیا۔ اور عسکی شہر کا علاقہ اس کی جاگیر مقرر ہوا۔ یہ علاقہ روم کی عیسائی حکومت اور ایشیائے کوچک کی سلجوقی سلطنت کی سرحد پر تھا۔ اس طرف سے ہمیشہ رومیوں کے حملے کا کھٹکا رہتا تھا۔ مگر ارطغرل نے اِس علاقے کا ایسا انتظام کیا کہ رومیوں کو اِس طرف آنکھ اُٹھا کے دیکھنے کی بھی جرأت نہ ہوتی تھی ٭

اس علاقے میں گھاس اور پانی

کی بہتات تھی ۔ ہر طرف سرسبز میدان
جس میں غز قبیلے کے لوگ گلّے چراتے
پھرتے تھے ۔ جگہ جگہ باغ تھے ۔ جن
میں ہر قسم کے پھل اور پھول پیدا
ہوتے تھے ۔ یہاں خدا نے اس قبیلے
کو بہت برکت دی اور وہ طاقت
اور دولت میں اس ملک کے دوسرے
تمام ترک قبیلوں سے بڑھ گیا ۔ کچھ
عرصے کے بعد ارطغرل کو موت کا بلاوا
آگیا اور اس کی جگہ اس کا بیٹا
عثمان قبیلے کا سردار مقرر ہُوا ۔
اسے ارطغرل کی نیت کا ثمرہ کہہ
لو یا کچھ اور ۔ کہ یہ پردیسی جو
میدانوں اور پہاڑوں کو اُلٹ کر
ہزاروں کوسوں کے فاصلے سے یہاں

آئے تھے - ساڑھے چھ سو سال ایشیا اور یورپ کی قِسمت کے مالک بنے رہے - ترکی کے سلطان جو ارطغرل کے بیٹے عثمان کے نام پر عثمانی ترک کہلاتے ہیں - اسی بہادر شخص کی نسل سے تھے - اگرچہ اب عثمانی خاندان میں حکومت نہیں رہی - لیکن ارطغرل کے قبیلے کے لوگ آج بھی ترکی پر حکومت کر رہے ہیں اور ایشیا اور یورپ کے دونوں براعظموں میں قدم جمائے کھڑے ہیں ٭